胡岩 著

格律诗钞三百首

五绝 九十首

七绝 九十首

五律 六十首

七律 六十首

武汉大学出版社
WUHAN UNIVERSITY PRESS

图书在版编目(CIP)数据

格律诗钞三百首/胡岩著. —武汉：武汉大学出版社,2019.8
ISBN 978-7-307-20985-5

Ⅰ.格… Ⅱ.胡… Ⅲ.格律诗—诗集—中国—当代 Ⅳ.I227.7

中国版本图书馆 CIP 数据核字(2019)第 136724 号

责任编辑:詹　蜜　　　责任校对:汪欣怡　　　整体设计:韩闻锦

出版发行:**武汉大学出版社**　　(430072　武昌　珞珈山)
　　　　　(电子邮箱:cbs22@whu.edu.cn　网址:www.wdp.com.cn)
印刷:武汉精一佳印刷有限公司
开本:720×1000　　1/16　　印张:16.5　　字数:115 千字　　插页:1
版次:2019 年 8 月第 1 版　　2019 年 8 月第 1 次印刷
ISBN 978-7-307-20985-5　　定价:68.00 元

序

　　能认识胡岩先生这位在基层为中国的传统文化默默探索了半个多世纪的耕耘者，使我看到了什么是中国的知识分子，什么是功德无量，同时更进一步领略到什么是厚德载物的含义。

　　曾有学者在部分了解了胡岩先生于传统文化领域的建树及所取得的成果后，发出"国有颜回而不知，深以为耻"的感叹。的确，胡岩这个名字不见经传，少有人知，不被人识，是个遗憾。但在七年前胡岩先生所出版的《题画诗精选》一书的自序中有这样一句话："余之有幸，实因蹇蔽里巷，无建树之思，而恬淡生焉，方得放形山泽，纵恣文翰以为乐。"可见先生平和恬淡，置身于低洼，数十年将一件事做到极致而不求闻达，且乐在其中。仅这份超然与豁达，就不得不让人萌生敬意。

应该说，国有颜回，终为人知，终为人传。不是吗，有人说胡岩先生的书法，百年难遇，得之便视同拱璧。更有学者称其焦墨画是真正的创造，是真正的中国符号，是一座被雪藏着的高峰，就事论事，的确如此。当然，把胡岩先生比作颜回就不恰当了。颜回四十而夭折，未成大器。而胡岩先生七十多而充盛，在文、史、哲等诸多方面又著作等身，岂颜子所能比！

今天主要讲讲他的诗，当你站在他所创作的浩如烟海的诗、词、曲、楹联面前，传导给你的信息量之大，涉及面之广，尤其格律诗之规范，给人的震撼是无以言表的。中华文明少说也可追溯到六千年前，且国以诗传，仅《诗经》的出现距今就有两千五百多年的历史，这是中华文明绵亘不断的根本原因。

我国诗歌，从初创的《诗经》《楚辞》中，可以寻找到由三言向七言乃至九言的各种句式的演变，也即孕育着此后多种诗体的萌芽。由汉魏而六朝而初唐，近体诗已经有了一个基本的雏形，并与古体诗有所区分，但这仍属诗的初创期与成长期，真正格律诗的主流时代并未到来。格律诗在初创期所出现的各种病、伤在所难免，使得宋、元尤其明以后的诗家与诗词理论家不得不编出一大串的话来自圆其说。什么救、拗，什么失粘、失对、失替，什么合掌、孤平、尾三平，等等，不一而足。格律诗中的这些病、伤一直延续到今天，仍未找到除病治伤的良方。为了解决这一难题，学术界、诗词界及国内一些著名院校的学者们没少努力，即便是中国现代汉语学奠基人之一的王力先生，为推广格律诗的创作，出版了《汉语诗律学》《诗词格律》《诗词格律十讲》及《龙虫并雕斋诗集》等一系列著作，可谓竭尽所能，但在解决格律诗创作的混乱现象上，仍是一筹莫展。更何况现在普及的普通话四声中早已没有了入声字，应该说为格律诗的创作提供了方便，但却乱象依旧，于是终结这一乱象早已是诗词界迫在眉睫的当务之急。当代的格律诗创作一定要有别于历朝历代的特色和气象。今天，即将出版的胡岩先生的《格律诗钞三百首》，就切切实实地解决了这一难题。实践出真知，胡岩先生从他创作的近三千首诗中选出十分之一，并从中总结出一全套切实可行的规律，其难度及严格程度可想而知，真是难能可贵。

胡岩先生以他的智慧和独创精神，将格律诗创作变得既健康简洁又切实可行，这是了不得的贡献。在规范五言格律二式与七言格律三式的同时，胡岩先生批驳了"一三五不论，二四六分明"（见胡岩著《格律乱象考》）的论点，主张每字必论，并首次提出了"导韵"一词。所谓"导韵"，即首句最后一个仄声字一定是同韵母中的仄声字，从此结束了首句最后一字用平声字或者用与本诗韵母不相干的任何字的历史，这就是"导韵"的作用。通过"导韵"来定韵定调，不仅解决了格律诗创作中的混乱与模棱两可，同时达到了气正声畅，这是一大创造！有了这一方法，格律诗的创作得到统一，为迎接格律诗创作主流时代的到来提供了学理上的保障。

对于诗钞中的每一首诗，我只能报以由衷的赞美和折服，因为那都是作者植根于对自身民族传统文化的深厚情感，所表达的强烈民族自尊与爱国情怀。在吟咏胡岩先生的每一首诗句时，犹如在西风东渐的一片瓦釜雷鸣声中突闻黄钟大吕，仿佛将你置身于膏壤雨泽的境域之中，带给你泰然自在与宁定。

燕继平

写于北京大学政府管理学院大楼 101 室

2018 年 10 月 18 日凌晨

胡岩长短句

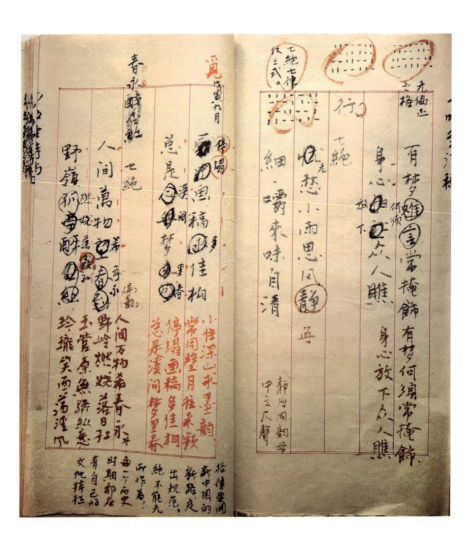

《少明堂诗稿》手迹一

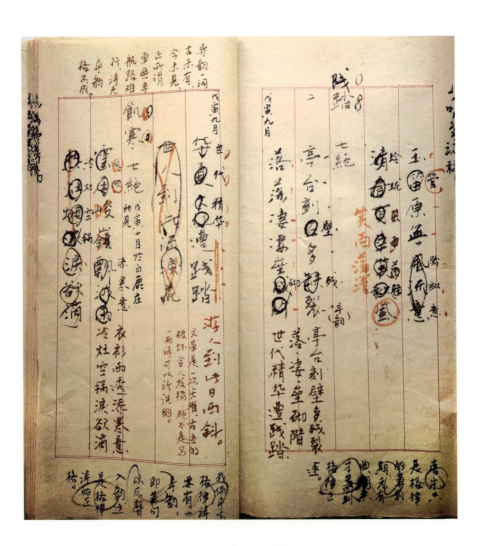

《少明堂诗稿》手迹二

胡岩楹联墨迹

目　录

■ 七言律诗 六十首

格律诗钞三百首

五言绝句　九十首

新语

雕修非上等，
艺贵自发生。
舞墨添新语，
清香玉宇澄。

我法

墨过山峰显，
泼焦^①自有言。
横直千万笔，
我法已齐全。

注：
①泼焦指将极浓之墨汁直接泼于纸上，是焦墨画的一种创作手段。

新桥

新桥通九省，
远近已平衡。
物我皆融汇，
强国梦绪成。

收

有幸忙新筑。
人欢景亦舒。
东风多夜雨，
五载谷盈橱。

闹腾

渡口增游艇，
时来百业兴。
人潮山海涌，
似有鼓锣鸣。

痴

夜半东风至，
春山睡醒时。
行云流水笔，
好画令人痴。

东风

雨露播山坳，

东风夜放娇。

芸薹①金灿灿，

惹得万蜂瞧。

注：
①芸薹即油菜花。

松

松根伸数丈，

叶翠欲流香。

此树真君子，

神清享寿康。

宝迹

画稿平生爱，
书香妙入怀。
仙山藏宝迹，
不与世人开。

游洪湖

见到荆州后，
洪湖夜色幽。
荷风吹绿绮，
不舍是莲舟。

土茶

山茶新叶放，
赛过荔枝香。
古树真神物，
何须再艳妆。

鲟

半夜桃花水，
鲟鱼产籽回。
三江丰硕地，
万尾尽欢随。

乘除

半笔阴阳入，
书中有且无。
全由灵性显，
事事自乘除。

囚心

欲把喧嚣禁，
来囚半寸心。
潜心诗画梦，
只是少知音。

壶

壶中天地广，
品鉴味深长。
器物留神韵，
迷人在暖香。

春秋

踏雪独行久，
人间万事遒。
浮沉观叶落，
景物自春秋。

腾

夜火山间映，
窗中月正明。
春潮方落幕，
百鸟始飞行。

好瓦

古木千年老，
诗书万代骄。
传承添好瓦，
后辈弄风骚。

游僧

游僧穿市镇，
未必有禅根。
见女多欣喜，
原为好色人。

由来

若要评高矮，
胎中已仲裁。
贫穷非我愿，
富贵有由来。

枯荷

浅浅一池水，
荷枯响且垂。
秋霜欺败叶，
怎顾你倾颓。

搽①

只盼游归早，
黄沙搽唱豪。
狂风推你进，
冷透两层羔。

注：
①辛卯（2011 年）冬从内蒙古采风回内地，茫茫冰雪，寒风凛凛，推着车前
　行，特以诗记之。

春山睡醒时

安民

夜梦师传理，
贫民不可欺。
风吹心未动，
动可大山移。

福耶

故纸堆中踩，
亲朋少往来。
平生一惦念，
贵贱两相猜。

传

老子无踪影，
西行岂定凭。
奇书传后世，
只有道德经。

狂痴

魏晋风流史，
文人好唱诗。
七贤皆俊雅，
特立似狂痴。

恶源

岭上风雷震，
难留是月沉。
人间驱鬼魅，
万恶化飞尘。

参

事废因庸懒，
人闲是蠢憨。
心胸开释后，
寂寞写山川。

空

岭上云霞降，

山中野草长。

青年皆远去，

老幼守田荒。

高士

洪君①多异彩，

著作满高台。

治教栽桃李，

群英次第开。

注：
①洪君指洪丕谟，上海人，吾友也。

苦衷

宫商吹百孔，
野坐洗愁容。
可笑欢愉客，
八成有苦衷。

太岁

溪声蝉伴奏，
太岁正当头。
鸟落梧桐树，
诸神亦犯愁。

沦

本是和田玉，
无须再弄虚。
真瑜沦假货，
可笑蠢成驴。

涤荡

世乱贤达辱，
奇谋好画图。
激流涤荡尽，
冷眼看沉浮。

迁

水浅游船险，
林枯鸟已迁。
荒村飞雪至，
夜冷总难眠。

无赖

脸上多脂粉，
忽悠隐莫深。
钱财随我走，
懒蛋是吾身。

痒

东风来小院，
月翳翠竹边。
手痒初挥墨，
图成色正鲜。

色

岭上凉风送，
山中色正空。
烧香鸣凤①远，
偶②在九霄中。

注：
①鸣凤即远安县内之鸣凤山，为道家胜地。
②偶即木偶，指寺庙中的塑像。

评

人生多苦短，
度日有千般。
我画留奇迹，
评家论始端。

归

日暮舟归港，
桅绳捲索忙。
童声随犬吠，
老妇盼儿郎。

水柔性不柔

播种

越过加州^①道，
今驰万里遥。
诗书传海外，
笔墨弄风骚。

注：
①加州即美国加利福尼亚州。

笨

隆隆雷滚荡，
近恐有灾殃。
鸟蚁争逃路，
红楼闹酒狂。

吹火①

嘴似吹糠状，

一生苦自当。

惶惶艰度日，

运蹇雪加霜。

注：
①吾友何书新20世纪60年代毕业于华中师范大学，后就职于五峰广电局。一生克勤克俭，乐于助人，但命运多舛，后因公殉职，实可叹也。

野人

夜里行车慎，

灯前见野人。

招呼无动静，

只有雨倾盆。

耕

房前临花市，
数日雨丝丝。
闭户绸缪久，
春耕岂可迟。

争

讨乞红楼梦，
名师各扯盟。
曹吴①成两派，
哪派是真翁。

注：
①曹指曹雪芹，周汝昌、冯其庸等红学大佬皆对其进行研究。吴指吴伟业，号
　梅村，明崇祯四年进士，为明末清初著名诗人。

难

雅贿①非无奈，

名花美酒牌。

掏钱难了愿，

事罢狱中哀。

注：
①雅贿历朝皆有，尤以改革开放后最为突出。

补过

岁月伤痕重，

平冤盼有功。

风波无止境，

怨恨总无穷。

晨晞

岁首新开笔，

飞来喜鹊啼。

留痕皆妙境，

好运兆晨晞。①

注：
①本句指新的希望和光明。

实

我性非疏慢，

艰难总自担。

身临绝顶处，

岂可有虚言。

瘦

总见衣食少，
难言智慧高。
茫茫孤影瘦，
梦里恨飘飖。

徙

候鸟如鸿雁，
群迁过万山。
孜孜无倦怠，
默默不知难。

累

倦寝为心累，

参寻物已非。

流红屈妹血[①]，

醉酒子瞻[②]悲。

注：
①传说屈原之妹因哭其兄而化成杜鹃鸟，即有子规啼血之说。
②子瞻即苏东坡。

忧痕

半夜黄沙问，

虚堂满垢尘。

风残天欲亮，

小雨洗忧痕。

待贵

久坐七十载，
琼花总未开。
天时需等候，
更盼贵人来。

获

雨露无声响，
千山赠绿妆。
农家忙里外，
盼获谷盈仓。

糠

冰封山路晃，
两日断炊粮。
远望无人影，
寒风当米糠。

自知

冷落平常事，
高峡雾散时。
诗书加画稿，
举目有谁识。

高峡雾散时

逼

眼见秋山老，
纷纷落叶飘。
红枫催未谢，
霁雪气难消。

溢美

野史千秋綮，
庄丘①事不真。
皇朝皆溢美，
尽是假传闻。

注：
①庄丘指庄周与孔丘。

春寒

叶落池塘畔，
枝衰水透寒。
东风初少力，
二月见时鲜。

躲

欠下浮名债，
京华不可呆。
忽悠难混日，
处处是阴霾。

开

小雨无遮盖，
轻风入壁来。
山中溪水亮，
路上野花开。

春月

草舍霞光晕，
挥毫写彩云。
潺潺溪涧水，
闪闪月留魂。

求

大梦人人有，
高贤不自由。
风云频动处，
促我早绸缪。

炼目

雅好无贫富，
全凭眼有珠。
收藏多陷阱，
炼目不含糊。

变

努力推环保，
尘霾定可消。
村中池水绿，
岭上见云飘。

吟

日买三颗笋，
清香透小村。
雄才难有用，
尽入铁锅熏。

旅商

奉化追时尚，
竹涛似海乡。
林泉风水地，
近日旅商忙。

潮

半隐嫦娥瘦，
云遮少露头。
钱塘潮正起，
巨浪岂能收。

候鸟

候鸟寻方位，
常常万里飞。
择时多往返，
怎可顾安危。

采菇

雨后林中静，
鲜菇笑脸迎。
游人常自采，
见者尽佳评。

日影

水阔多风浪，
梅花半朵香。
川江帆影小，
二月日初长。

开慧

寂寞山中路，
环环是画图。
今来开慧眼，
点墨汇灵枢。

和风

万木迎春到，
寒威日渐消。
新花虽未放，
已见柳枝摇。

防

日照沧波晕，
天边起密云。
迷茫常困扰，
只有坐船君。

愁小雨思风静细嗓禾味
岭二友吾周
石岩

无愁小雨思风静

秽

往日多贫病，
贪官未盛行。
如今时日变，
险恶影随形。

造化

古柏逢秋露，
江流自画图。
犹痴虫蛀孔，
细小有还无。

天语

绝俗非作贱，
魏晋有七贤。
欲解天人语，
来听梦里言。

敲

画到三更半，
泼焦墨不干。
繁中添未了，
厚处见浓酣。

灵感

寂寞邀学友，
同来谷里游。
宫商丝乐毕，
细雨落悠悠。

时喜

雨小风尤静，
墙边凤草①馨。
田园葱欲放，
幼树笑盈盈。

注：
①凤草指凤仙花。

涩

戏散红灯亮，

琼宫柳叶黄。

秋风添苦涩，

又遇小寒霜。

瑞气

壁后晴光吐，

风清紫气舒。

德才风水地，

献瑞赛麻姑①。

注：
①麻姑即寿仙娘娘，属道教中的人物。因流传其以灵芝酿酒，故以麻姑喻高寿。

思

往日桃花扇，
时人唱两端。
国穷思报效，
破浪史无前。

宝

田黄成至宝，
日日弄风骚。
物事惊离散，
因缘岂可消。

避

水面铺红浪，
霞光日影长。
渔船忙靠岸，
早避飓风狂。

拒酒

拒酒原无用，
平生笑陆公①。
金戈三万里，
末了以诗红。

注：
①陆公即放翁陆游。

善本

作客花家岭，

森森古木盈。

藏书多善本，

至宝有魂灵。

亮

笔下泼焦①湿，

如观妙异姿。

宾师言亮墨②，

未见有人知。

注：
①泼焦即将极浓之墨汁泼于纸上的创作方法。
②指黄宾虹五笔七墨中的一种墨法。

格律诗钞三百首

五言律诗 六十首

春歌

雨后尖尖笋，
菁葱报早春。
梨花白似雪，
柳叶翠如筠。
暖暖牛羊动，
幽幽布谷存。
东风忙晓雨，
万物沐春巡。

自娇

今年来此庙，
未见大师陶。
弟语寻诗去，
徒言画友邀。
山随云弄险，
品伴道行高。
载物心无厌，
花开亦自娇。

空

观虫新斗勇，

霸气赛蛟龙。

血战谁得益，

贪财主计功。

残阳宫外烬，

落叶谷中红。

半朽无知己，

商山①忆老松。

注：

①商山指商山四皓，为秦末东园公唐秉，夏黄公崔广，绮里季吴实，甪里先生
周术。后泛指有名望的老翁。

沉迷

好纸新开笔，
耕耘释我疑。
恢宏山势壮，
雅静画幽奇。
古墨留神彩，
空白送皁熙。
超卓非易事，
寂寞苦沉迷。

蜕凡

柏树成精怪，
崖中久掩埋。
寒霜凋叶落，
冻雪压枝埋。
总忘留香苦，
遴登储宝台。
功名非我愿，
自在蜕凡胎。

笃信

雪大封堤坝，
行人盼早霞。
朦朦迷故路，
杳杳见昏鸦。
岁月风兼雨，
山坡树共花。
常忧无益处，
笃信有春华。

心语

人生如小草，
哪怕火来烧。
弱弱春蚕愿，
微微翠柳骄。
清奇无媚骨，
大味岂仙桃。
耿耿谁能语，
虔虔可自瞧。

勇往

老朽闻鸡舞，
平生慕大儒。
常寻无典璧，
每梦有奇书。
画忘东皇请，
诗疑圣祖珠。
孤身游瀚海，
未敢望归途。

陌

倩影难相见，
常逢大雨天。
空杯多有意，
久坐早无言。
短醉赢长醒，
粗服胜舞衫。
宽衣初敬礼，
再聚草亭难。

缠

饥愁疏梦短，
爱美岂衣冠。
阵雨千丝舞，
飞霞六月寒。
心随篝火动，
笔落暮云缠。
翠鸟凌空去，
虬松正壮观。

巫峡

我写巫峡颂，
常游在谷中。
峰峰存故事，
处处泛舟艟。
四面竹添翠，
八方水串通。
乡情随客转，
共记已相从。

子规初啼寒欲尽

雕虫

午后松林动，
寻幽到谷中。
梯田舒翠袖，
水坝喜霓虹。
远见烟霞起，
闲瞧草木荣。
流溪思浩渺，
闭户弄雕虫。

难眠

乍到清江畔，
初春暮雨寒。
光旋知劲舞，
院锁坐参禅。
醉死张狂客，
贪生犯傻男。
全民失信仰，
夜静亦难眠。

参

雅好多锤炼，
无从觅小闲。
红遮苹果峪，
翠染火榴园。
雪打菖蒲醉，
风摇紫草寒。
平生多体悟，
胜过五更禅。

修身

老友来相聚，
同游苦树居。
冬枯山更峻，
雪瘦水成渠。
万象迎朝日，
八方庆有余。
修身求大隐，
落拓自耕娱。

时令

转眼朝阳至，
严寒快去时。
东风初解冻，
小雨早成丝。
嫩绿吹新曲，
鹅黄染柳枝。
人随时令动，
物事有张弛。

垒

燕子衔泥快，

安巢总自来。

多年春少雨，

半夜雾埋台。

梦见残花舞，

涂听败柳开。

凭栏常感叹，

檇李①树难栽。

注：
①檇李，水果名，尤以浙江桐乡桃源村所产为佳，古代为宫廷贡品。

恶[1]

林中多寺庙,
理被火来烧。
伪寺钓名利,
乡民舍大钞。
扶危藏丑陋,
鼓捣有奇招。
眼见僧人众,
街头满衲袍。

注:
[1]每当金钱至上之时,社会上的各种丑恶现象便暴露无遗。不少投资商大建功
　德林,以员工装扮僧人,大肆敛财,实可恶也。

糊涂

莫被声名缚，
风吹草木苏。
胸宽容万有，
锁细警虚无。
贬斥随人意，
荣褒定自如。
平常多谨省，
至境是糊涂。

醒

折梅呈岁供，
冻草露姿容。
日暖催竹翠，
霞燃醉杏红。
苍鹰盘岭上，
紫燕满桥东。
卷幔听新唱，
轻风入草丛。

春讯

夜半春初到，
新黄上树梢。
风梳山野绿，
月照百花娇。
去客留归语，
勤蜂满入巢。
阴晴随夜转，
翠柳万千条。

乐

夜受东风济，
花飞好信息。
清波江月朗，
断谷野鸡啼。
市哄殷勤早，
竹幽逸事奇。^①
安居欢未晚，
共乐盼晨曦。

注：
①此处指竹林七贤。

万千笔墨写山川

苦难

变乱民皆惨，
迟迟泪不干。
初三新月夜，
老九苦衣单。
陌陌人相聚，
匆匆路自弯。
多番风雪后，
俯仰总心酸。

适

溪声含底蕴，

地下孕阳春。①

已现清晖貌，

环观五彩云。

拔山实可笑，

倒海定伤群。

日月无今古，

知乎少野魂。

注：
①指冬至。自古就有冬至一阳始生的说法，同时也有说冬至大如年，其节气习
　俗已流传三千余年了。

大爱

苍松积雪厚，
草木护山幽。
可恨惊雷动，
终因暴雨愁。
忧虞疮厄重，
眷顾苦难周。
闭户调心绪，
拳拳乞大谋。

生

踏月寻学问，
风吹古木森。
山迎初日紫，
树染落霞温。
捕鸟勤归水，
渔樵晚扫尘。
乡民求自给，
落叶伴松针。

时光

孤舟摇日尽，
水浪是环邻。
自醉年华老，
谁知古木欣。
新词收妙语，
旧句透迷津。
俯仰烟云过，
溪边草色新。

灵丹

九陌风吹乱，
贫瘠土苦寒。
诗馋惊笔友，
墨肆拒庸官。
自断青云路，
羞污紫禁天。
繁华如过眼，
好画似灵丹。

缘

亮墨情难了，
推敲再细嚼。
丘山吴越秀，
谷壑魏齐豪。
巧巧谁能解，
虔虔定可教。
今朝留密箧，
送与有缘瞧。

苦零丁

小草霜欺顶，
虫吟岂复听。
寒飞添肃煞，
暮降落凄清。
月冷丘山老，
楼寒笔墨凝。
谁怜游艺客，
寂寂苦零丁。

春前

眼见三秋尽，
苍苍落叶频。
停云含妙雨，
闭月漏祥麟。
渐感江留冷，
愁绝客断金。
春归冰雪后，
笔落画图新。

解

月照江流透，
常行夜里舟。
滔滔诗海阔，
莽莽画图幽。
窃笑描新梦，
憨呆忘运筹。
平生无妄念，
艺事惑中谋。

春韵

辨

风清开宇内，
日落有余威。
畏腐污清誉，
忧谗杜妄为。
山中松柏静，
水里鳜鱼肥。
上苑风规在，
中天辨细微。

赛跑

岁月催人老，
诗书望弄潮。
朦朦天欲亮，
笔笔画辛劳。
偶降膏泽雨，
常寻敬业苗。
天公如有意，
让我久挥毫。

凉

寒风堤上吼，
逆水小孤舟。
坎坷人生梦，
蹉跎岁月惆。
双眸多翳隐，
满面尽山沟。
老去何倾诉，
悲凉勉自兜。

价

蛰居应有价，
寂寞少喧哗。
水静藏珠蚌，
风狂卷峭崖。
行吟传旧曲，
守朴品新茶。
老去归乡野，
江流映紫霞。

桥

远望三江水，
长桥沐月晖。
南来花雨过，
北往雁鹰归。
振袖山川治，
凭栏四海随。
风驰今载我，
半觉梦春追。

翠柏

暮雨池塘畔，
初阳岭上寒。
翛然飞败叶，
窈窕映苍烟。
显晦因时异，
循环故境迁。
长愁何益处，
翠柏已千年。

祭

清明常祭拜，
月色照碑牌。
纸吊随光转，
梨花入眼来。
寻源倾老泪，
纵饮诉幽怀。
认祖亲欢聚，
冬青手共栽。

寒①

日月风吹散，
升平遇大寒。
雷沉惊玉室，
雨骤洗天坛。
北阙权忧变，
南国水断弦。
幽冥七日雾，
惨淡尽哀颜。

注：
①此诗本写于辛亥（1971年）秋，今检点早期诗稿，对此首五律《寒》再次润
　色，庶可读也。

苍凉

叶落秋山隐，
孤身入禁林。
颓墙随夜老，
断壁共晨吟。
鸟冻飞无力，
蛛馋饿少勤。
苍凉催泪下，
欲画已无心。

至性

登高强在胆，
总忘鬓双斑。
笔墨心中亮，
荣光壁上观。
矫情非好语，
至性岂高攀。
我欲擎天宇，
新曦照艺坛。

山迎初日紫

骂名

忽悠图侥幸，
大话坏言行。
自创无稽考，
承传妄自评。
诗书多假意，
字画少真情。
任性皆胡扯，
终归落骂名。

世态

酒烈声欢燥，
楼台月照高。
肃听箫瑟响，
泣诉鼓锣敲。
酷吏标朱紫，
豪绅舍小乔。
谁希春去远，
冷眼用心瞧。

寻

此去寻诗境，
山崩不可行。
青峰云漫漫，
晦谷雾冥冥。
火暗烟难散，
灯瞎眼不明。
痴狂追梦幻，
大雨诉衷情。

霜

百草临冬降，
秋收万物藏。
芳菲零落尽，
兀鹫逞豪强。
魍魉随波转，
人妖起祸殃。
山乡风雨骤，
日月色苍苍。

春

溪潺枝叶响，
夜静院庭芳。
荏苒琴声醉，
萧条月影长。
湖湘归雁落，
豫鲁望莺翔。
布谷声声里，
桃花试放香。

夏

高岚岩壑陡，

谷口柳塘幽。

骤雨惊离草①，

繁星照见愁②。

丹棘③摇翠色，

玉麦④透娇柔。

月照鞭蕖⑤静，

蝉嚣可忘忧。

注：
①离草即芍药。
②见愁即鬼见愁。
③丹棘即萱草。
④玉麦即玉蜀黍。
⑤鞭蕖即已开的荷花。

秋

溪流清见影，

彼岸①绽阶屏。

皓皓霜华早，

澄澄月色明。

林中飞鸟静，

岭上落霞轻。

柿枣红如火，

金樱②笑雨晴。

注：
①彼岸即彼岸花，又名石蒜。
②金樱即槟榔罐。

冬

寒风惊野渡，
老弱望搀扶。
慢世难为客，
诚然易影孤。
流冰垂峻岭，
冻雪入红炉。
万里炊烟动，
初阳①草木苏。

注：
①初阳即冬至一阳始生，微弱的阳光。

百草新

遥观山雨紧，
树上有鸣禽。
朽老时节定，
枯荣替换频。
听松松唱响，
望水水生津。
已见春晖至，
还希百草新。

铁的脊梁

德

贤德分大小，

至性最崇高。

刻意非良善，

无为是信条。

希文①施义地，

百姓解饥熬。

不齿沽名事，

人心似海潮。

注：

①希文即范仲淹，北宋名臣，出身于极贫之家，后当了宰相，以俸禄购置义田给贫穷无田者耕种，养活了三百多户人家，从而实践了年青穷苦时念念利益众生的夙愿。

殇①

红红西北向，

大旱遍襄阳。

雾厚吞山野，

虫横灭稻粱。

昏昏天尽暗，

瑟瑟老皆丧。

叫地无声应，

孤儿喊断肠。

注：

①从己亥年到辛丑年中国遇特大自然灾害，尤以旱灾为最，此期间被饿死的农
民多达三千万之众。乙巳（1965年）秋在大学放暑假期间曾来此考察，便写
下此诗。今重录于《格律诗钞三百首》中。

待春①

大地春将吻，

东风夜叩门。

萧然添意气，

怅尔泛花痕。

送暖犹初醒，

聆听似有人。

梨花邀小雨，

百草竞芳芬。

注：
①从 2017 年 1 月 28 日到 2018 年 2 月 15 日为农历丁酉年，长达 384 天，形成了
一年头尾两春的现象。上次出现在 2014 年甲午年，下次则在 2020 年庚子年。

浩动①

旷野红旗抖，

游行积怨仇。

惊涛非雨雪，

肃煞岂沙洲。

冷冷人心变，

惶惶日月忧。

悲吟难忍泪，

恶论满墙头。

注：
①此诗写于丁未（1967年）秋，至今已五十年矣！现略作润色而出之。

洪

远望三江口，
巍巍露古楼。
波涛流月暗，
雨劲路人愁。
未遇桃花会，
还从烈日游。
山根洪水过，
少见有渔舟。

玩

平生无妄想，
喜好弄辞章。
笔底风云动，
溪前水草香。
奇诗千度改，
好画万家藏。
最是为难处，
闲来再细详。

储

雨过江河醒，
风来树自鸣。
难随残叶尽，
定望落霞明。
大野藏娇子，
山林储武英。
家国惊世梦，
我辈亦躬行。

清冷

千峋多险峻，
万水总横存。
缓步三江树，
通观五柳墩。
鸡鸣天放日，
犬吠夜游魂。
大地留清冷，
来年有好春。

去来

日落辞川陕，
今晨到冀甘。
车中观万景，
梦里过千关。
瑟瑟沙尘暴，
荒荒四野寒。
衣单边塞冷，
寄语老鹰还。

格律诗钞三百首

七言绝句　九十首

康宁

香花送爽无名姓，
锦簇频开伴夜莺。
莫笑黄鹂声誉小，
清风到处有康宁。

觅

小住深山求墨韵，
常观岭上往来云。
停塌画稿多佳构，
总是溪间梦里春。

雨润

燕子飞来情万种，
轻风细雨润嫣红。
春溪鸟聚成稀客，
万里云开见古松。

催耕

大地春寒将退尽，
声声布谷过山林。
秋实自要勤耕种，
莫作聪明取巧民。

陌

人穷咫尺无亲旧，
富在深山亦有求。
夜半鸡鸣天未晓，
寒庐客过不停留。

家

仓皇动笔图渠坝，
写景难于写自家。
万事国强为至理，
兴家怎忘大中华。

平常心

祖辈红尘一百姓，

田头苦作望安平。

生儿育女无多想，

水涨潮惊岂忘形。

茅庐

云山莽莽今开步，

万里风霜过雪湖。

陆路无尘清肺脑，

芳林邃曲到茅庐①。

注：
①茅庐即茅舍，草屋。在苏曼殊《遁迹记》中有"嗣余忽醒，身卧茅庐"句。

羽化

春蚕作茧将成蛹，
自作多情困梦中。
异日登仙伸翅去，
芳心半叶见长虹。

把盏

东风数日孤阳动，
雨后阴霾正放红。
喜见楼中宾客至，
干杯把盏酒兴浓。

谷中久品野草香

李杜

李杜①诗名谁不晓，

多为唱嚷快传抄。

千年效仿非平仄②，

草创初期律未雕③。

注：

①李杜指诗仙李白，诗圣杜甫。

②此句指诗的流传大多在形式上有所继承，而对于诗的平仄并没有得出一个铁律的范式。

③唐代诗歌只是在古代《诗经》与《乐府》基础上所开创的一个体式，成为一种没有严格格律、近乎五七言古体诗的诗歌体裁。

月季

炎炎烈日成灾患，

万叶低垂万户迁。

大地难寻清润处，

独观斗雪①送平安。

注：

①斗雪即月季花。

徘徊

诗求境界听天籁，

只恐孤闻少智才。

日后高飞游玉宇，

星分震兑不徘徊。①

注：
①在八卦中以震为东兑为西。此句指东西方文化的互动。

姑舅姨

计划独生多抗辩，

荒唐恶劣祸千年。

亲缘血脉皆割断，

大舅姑姨已早殁。

老天

湖光好似无污染，

网养鱼虾饲料繁。

尿素氢氨全用上，

捞钱哪管有苍天。

久安

故里百年多动乱，

家园千孔苦熬煎。

回瞧火海留残秽，

万众兴邦系久安。

春永

人间万物希春永，
野岭燃烧落日红。
玉管原无骄纵意，
玲珑笑面读青松。

深渊

新园筑治钱财办，
巧置亭台锦绣篇，
世上椎夺归我用，
难逃大狱坠深渊。

幽静

林间鹊噪催人进，
谷底溪忙伴唱勤。
苦觅清凉栖养地，
一如此处作山民。

新花

新花各有三天放，
哪见长年可自香。
万物阴阳皆有序，
当开自有好阳光。

丰收愁

秋风朔朔随霜降，

唢呐悠悠诉短长。

篾篓筐筐橘子罪，

丰收不满半挑粮。

楚骚

古庙断垣埋旧貌，

三闾①辞世掩荒郊。

飞鹰觅物盘旋累，

未见巴人敬楚骚②。

注：
①三闾为战国时期古地名，位于宜昌市秭归县三闾乐平里。此处指三闾庙遭毁
　所留下的断垣残壁。
②楚骚指战国时期楚国三闾大夫屈原所作的《离骚》。

游泰山

普照寺①前圆柏异，

壶天阁②下落霞奇。

登高又见瑶池景，

莽莽云烟露璧溪。

注：
①普照寺在泰山南麓，坐北朝南，依山而建，隐于松柏翠竹之中，传为六朝古
　刹。1932 年至 1935 年冯玉祥将军寄居于此。
②壶天阁在泰山北洞以北，明嘉靖时为升仙阁，清乾隆十二年（1747 年）扩建
　后改名至今。

两难

《史记》①不真威信减，

今知司马②也胡言。

风沙咬眼谁能受，

委世难求度暮年。③

注：
①《史记》为中国首部纪传体通史，亦为古代史书的通称。
②司马指司马迁，西汉史学家，早年受教于孔安国、董仲舒，后承父志而成史官。
③此句指在汉武帝天汉二年（公元前 99 年）司马迁因李陵案而遭宫刑之大难，
　想死而又不能死的境况。

摩天铁壁笑冰霜

践踏

亭台刻壁多残裂，
落落凄凄垒砌阶。
世代精华遭践踏，
游人到此日西斜。

奇石

山中废壁天成画，
草树楼船蠢蠢爬。
久见商家勤索检，
区区弃物变奇葩。

浊世

溪流绕道千番转，

大雨穿空万点悬。

放浪形骸悲未已，

人生乱世总难言。

饥寒

衣衫雨透添寒意，

冷灶空锅泪欲滴。

苦辣酸甜皆越过，

贫家涩涩度寒饥。

换

浪掷千金真胆壮，

拿得赝品换康庄。

何人可破忽悠计，

两眼昏昏怕见光。

循规

春归叶翠林苍莽，

万物相知岂逆常。

九月红枫初有语，

芙蓉谢后水干凉。

冷热

花开有序留风韵，

冷热春秋各自尊。

艮震离坤游个遍^①，

因缘默默酒微醺。

注：
①此句借用周易中的八卦说事。震在八卦中为正东方，艮在东北方，离在正南
方，坤在西南方，方位两两相对。

懒

流云染月添生性，

欲见高山畏夜行。

半醉楼台听玉漏，

一眠日已照山亭。

寻逐

霏霏细雨刷车顶，
滚滚浓云晦月明。
变幻难随心意动，
寻逐水浪万千情。

盈亏

周游选日图安稳，
宇宙盈亏主地魂。
万物依随无大错，
消息早透九千春。

破

央央世界多阴影，

富寿从来水不平。

自古冤情皆窘迫，

玄机可破解难明。

耄耋苦①

枝头柿子青三面，

入口酸酸涩又粘。

雨里耋人爬采苦，

饥肠辘辘痛熬煎。

注：
①曾在鄂西山区遇一八旬老人，因儿女不孝，在阴雨绵绵之日，竟爬上十分打滑的柿子树去摘那还是青青的柿子果腹，此惨状被我们一行五人撞见，真是不忍回首，特以诗记之。

东方白

迷人最是黎明亮，
海上茫茫露曙光。
半露鱼白生幻彩，
湿湿漉漉吐熙阳。

喜见

风摇倒影竹枝远，
柳叶流光少妄言。
报晓雄鸡声似曲，
农家喜见日中天。

奇观

青松岭上红霞盛，
雾散窗前画已成。
日月同天今可见，
晨宵冷暖正平衡。

新城

半日雨丝飞厚谊，
渔关河畔柳成堤。
新城似画如春笋，
小镇楼台辟地奇。

山中草色新

立志

人情淡淡薄如纸，

困窘前途未可知。

立志独学甘寂寞，

颜公①助我正当时。

注：
①颜公指唐代大书法家颜真卿，他所书写的《麻姑仙坛记》等法帖被后世称为
　颜体。

惯看

潮生海上风云际，

月挂中天照柳堤。

巨浪能摧江海变，

浮烟不与火山齐。

促迫

青松百岁如龙立，
幼子十年未可期。
父母纠心多促迫，
天才自降莫生疑。

时节

香风阵阵来庭院，
恰是红梅落笑颜。
诞授时节呈妙色，
红肥绿瘦舞蹁跹。

峰尖

高山要画云飞动，

数笔峰尖断亦浓。

劲日腾腾光四射，

萧条不写写霓虹。

鹤羽

鹤羽①拂林频落早，

钟声响在半山腰。

湘江水浅鸦飞过，

岁暮饥寒躲老巢。

注：
①鹤羽即雪花。

白痴

伤心落泪常如注,
世上白痴最幸福。
少痛无愁无日夜,
垃圾亦可作食厨。

担

校长筹资人怨叹,
张公大女上高三。
求人攒凑八千块,
四季开消总两难。

至人

咫尺穷乡难照面，

三失至契①马棚边。

贤达自古德才备，

莫怨时人莫怨天。

注：
①至契指意气极相投合的朋友。

新事

西堂入夜宾朋至，

借取迎春画几枝。

点点虚灵昭笔墨，

乡村变化异初时。

雍容

横云岂受时风动，
古柏难逃雨雪虫。
万刻千雕成妙品，
盈盈岁月驻雍容。

天骄

天翻地覆谁知晓，
水潦沙埋志未消。
践踏终归风雨过，
千秋炳粲贵天骄。

测

飞鸦阵阵传天令，
蚂蚁成群尽早行。
此地原非人所有，
逃灾要懂小生灵。

古柏

古柏疤痕虫蚁蛀，
千年见证盛年初。
繁星数点空窥尽，
旧政新朝半本书。

二度梅

天藏万象劳心智，

世有千姿任笔驰。

二度红梅开梦幻，

牵来细雨慰相思。

背井

夷陵绿化添长卷，

月桂辞乡正北迁。

有眼难观十五月，

东西远望不团圆。

春喜

春缠老柳枝头润，
远处山巅瓦盖匀。
子女回乡添笑语，
香飘四溢暖全村。

佛陀①

寺院忽悠人已晓，
佛陀倡导是天条。
逍遥自在谁知道，
数卷经书入火烧。

注：
①佛国对修行之人而言即心中净土，无具体的位置，所以说佛国在修行者心中。
释迦牟尼主张"日中一食，树下一宿，幸勿再矣"的立教原则。

晴雪图

鸣凤^① 春色

又见桃枝先启动，

鸣琴谷底沐春浓。

寒溪转暖观时日，

半树新黄映日荣。

注：
①鸣凤即鸣凤山，在宜昌远安县内。清道光年间曾将鸣凤山划归武当管辖。

凭借

水借狂风生巨浪，

山凭草木展华装。

来人欲觅真经度，

古圣今贤细品尝。

林海

古木森森枝莽莽，
溪间细水尽冰凉。
神仙化迹留踪影，
似见莲花诉短长。

酬

秋风阵阵鸣天籁，
月照池塘万尾财。
羡煞邻家多望眼，
天酬岂是梦中来。

岳麓高

桃花有幸亲春草，

久慕江南岳麓高。

北海留铭①成胜迹，

书坛代代有新苗。

注：
①北海即唐代大书法家李邕。留铭指由其撰文并书法的《麓山碑》，共计 1413
字，唐开元十八年立。

天明

心随笔走龙飞影，

写就华章墨自精。

好字迷人藏古庙，

房前夜火到天明。

斗

小小手机成祸场，
商人逐利起灾殃。
邻邦大鳄瞎胡搅，
百姓无知斗霸强。

荒寺

深山小路难识向，
已是千年老土墙。
古殿无人随众去，
全由彩塑立中央。

兴邦

凌空铁鸟织天网，
水上航船保海疆。
大众图强非妄语，
国人共济定兴邦。

夕阳

夕阳又挂山巅上，
染透溪流诉短长。
血泪无需图反哺，
贫家子女尽知强。

小草

一无所有天为被，
四大皆空地作陪。
万里关山云共月，
身如小草不知危。

造人

爹娘造爱天爷见，
五岳三山正气牵。
雨电风雷齐努力，
天才蠢货降身边。

中干

明明是个张飞样，
栩栩如生假霸强。
外表猖狂真好笑，
中干嘴脸世无双。

胸襟

评书笔墨齐观审，
气度胸襟最是真。
巧弄荒唐瞒世好，
难欺物外智谋人。

愁煞

口里亲哥常叫唤，
阴谋背后欲翻天，
秋风万物伤愁煞，
恐到关头寝不安。

牛人

门前自扫人人乐，
可有牛人养大鹅。
满地鹅毛飞絮语，
秋霜冷暖满枝柯。

测

浮生世事昙花恨，
欲讲前程感慨深。
请测天年何岁月，
留心日下影随人。

壶中

壶中岁月人生梦，
送往迎来待贵朋。
放眼江湖邪正道，
风云变幻雾蒙蒙。

盼雨

层云阵阵莲花现，
五彩匆匆片瓦连。
半月殷殷思雨降，
长河寂寂水枯干。

高台

风前叶落知时态，
悟透人生要大才。
小显欢愁皆有巧，
灵光现处在高台。

待　春

真香

清晨喜鹊梅花唱，
好事将临入殿堂。
瘦影修来书两垛，
鸿篇巨制储真香。

冷砚

苍茫夜气袭门槛，
万卷诗书看不完。
五里冰封炉火烬，
惟留冷砚讲从前。

闲愁

闲愁闹罢真愁到，
四季难安岁已憔。
败叶累累成往事，
天寒日暮月儿高。

奇价

山林雨润松菌旺，
惹煞农家采捡忙。
日下突标奇价码，
高声叫卖拒商量。

炒股

穷人欲作发财梦，
炒股常常到五更。
肉瘦人冤家破散，
浑浑噩噩度余生。

行

无愁小雨思风静，
细细嚼来味自清。
此地空存钟进士①，
游人路上不孤行。

注：
①钟进士即钟馗。

孤蓬

常因柳絮轻飞早，

又见长亭翠盖摇。

楚调屈骚弹未尽，

孤蓬杳杳任辛劳。

增慧

奇诗写就灵光现，

古谚遗香慧火①牵。

益目醒思开锐智，

求知增拓到凌烟②。

注：
①慧火为佛家用语，谓能烧去一切的智慧。唐刘禹锡有诗"高揭慧火，巧熔恶见"句。
②增拓即增加扩充。凌烟即凌烟阁。

清香

细雨养兰花悦目，
轻风拂柳叶欣舒。
湖塘翠盖初伸卷，
杏苑红披早顾庐。

苦

功名似雾随人老，
古训高悬苦混淆。
小子荒唐无躲处，
先生可有计谋教。

养性

闲居养性深山坳，
可享无忧品寂寥。
有梦何须常掩饰，
身心放下众人瞧。

问鼎

天圆地厚神相守，
快慢勾皴笔墨酬。
艺事终须勤检点，
何言问鼎上高楼。

格律诗钞三百首

七言律诗 六十首

野鹤

黄花绿叶摇清昼，

望月①留痕见画楼。

笔墨难得心意满，

诗情岂可指尖筹。

朝霞不晓留天爱，

晚诣②康达有小舟。

史册无名非紧要，

闲云野鹤自周游。

注：
①望月指望日的月相，满月。天文学认为此时地球在日月之间，自地球视月，
　恰是正圆，称望月，亦称满月。
②晚诣即晚年所走的道路。

解禁

多年眼患无医治，

影影飞蚊①视物迟。

早暮池塘浑雨水，

荒园庙室落蛛丝。

台空墨砚三年恨，

库少辞章百页痴。

但愿牛棚能解禁，

南来北往有新诗。

注：
①飞蚊指眼中玻璃球体上的小黑点，在眼球转动时就如蚊子飞来飞去，叫飞蚊症。

老粗

枯焦①笔墨难言苦，
点点滴滴入火炉。
自认多情能寂寞，
人评大雅赛鸿儒。
留香百日多滋味，
入木三分好画图。
细语楼阁空四壁，
垂杨窃笑土豪粗。

注：
①枯焦即极焦之墨。

留痕

我自逍遥三万里，

天南地北猎灵机^①。

千年月影琼花困，

小瓣兰香杏眼移。

暮雨频飞朱殿静，

寒鸦竞落赤湖^②啼。

闲云岂可随流水，

雪爪留痕世不疑。

注：

①灵取之于《陋室铭》"水不在深，有龙则灵。"为华夏精神之体现。机则为世间万物变化之契机。《庄子·至乐》中有"万物皆出于机，皆入于机"的论述。灵于心，机于行，是灵机文化的重要思考。

②赤湖位于江西省九江市。

江山

清明谷雨花争放，

翠幕开时有短长，

杜宇①啼声传四野，

开明②继位梦图强。

三分统御牛承马③，

两阙衡权绪禧亡。④

万里江山情万化，

强夺禅让度陈仓。⑤

注：

①杜宇，又名子规、杜鹃和布谷鸟。传说古蜀国国王杜宇为子民安宁而将皇权
让位于德者能者居之。

②开明即古蜀国丞相鳖灵因治水有功，受望帝杜宇禅让帝位，号开明。

③三分指魏蜀吴三国鼎立。牛承马指司马氏所建立的西晋王朝被易帜。在二十
四史的《魏书》中记有"僭晋司马睿，字景文，晋将牛金子也。"在南方建
立东晋王朝的晋元帝，是他母亲私通牛姓将领所生之子，从根本上改变了两
晋姓司马的局面。

④指清朝末年慈禧垂帘听政所形成的真正的朝廷反而成为傀儡的事实。大政要
略皆出于慈禧乾清宫之东暖阁。光绪和慈禧两人围绕皇权所发生的争斗是极
为惨烈的。1908年11月慈禧病危，可就在慈禧死前一天，光绪皇帝却被人
用砒霜毒死了。

⑤禅让制最早出现在原始部落时期，是当时选举部落领袖的唯一方法。直到禹
让自己的儿子继承大位，禅让制被继承制所代替，才彻底退出了历史舞台。
而暗度陈仓则是一种谋略。

秋韵

青枫雨染红新艳，

坐享欢愉到此端。

雁伴寒来归故里，

蝶随叶落聚池边。

回声涩涩听蝉燥，

倒影萧萧见鹿欢。^①

欲对丹枫留笔墨，

轻风数度到江湾。

注：
①九影为道教中的九种影神。唐代《酉阳杂俎》中有记载：一为右皇，二为魍
　魉，三为泄节枢，四为尺魄，五为索关，六为魄奴……

孤寂

贫居草野遭新暑，
破卷高搁蟪满橱。
半载风情随冷语，
一坡翠柏护寒庐。
秋来汗垢虫吟早，
月隐冥蒙鸟宿孤。
妙语无音风赏去，
寒灯静静忆当初。

纸钱

梦境难言成万变，
贤达少见苦熬煎。
消息断续多心悸，
事态炎凉尽泪涟。
落木无援悲冷雾，
飞禽有意躲寒烟。
垂垂暮景枫林瘦，
可叹元良^①对纸钱。

注：
①元良为具有至善大德的贤良人士。

温馨

桃园世外何人问，
翠柳三棵小拱门。
偶有同窗添妙趣，
时来后辈论红尘。
风吹瘦草出新绿，
雨润蔷薇暖细根。
宠辱曾经多反复，
千般色彩总香温。

旷朗无尘

神女峰

巫溪鹤苑香流淌，
北望西台翠影长。
又见悬崖云涌聚，
常观大岭雨猖狂。
开峡夏禹疏洪道，
守峭瑶姬献顺祥。
但愿江天尘雾尽，
晴川劲旅下荆襄。

奇霞

奇霞促我题新句，
眼底山岚似可居。
绿柳飞丝虽未尽，
朱帘漫卷醉空虚。
时邀俊器娱诗会，
喟叹骄矜变佞谀。
夜市筠廊多字画，
云萦栈道少崎岖。

劫后思

风灾过后鸡啼晓，
嫩翠依然笑稚苗。
市井无鱼荒废久，
洼塘少鹤苦潜逃。
虚灵少昧红尘困，
燥裂难除大恶枭。
往日辉煌成故事，
何年有幸弄风骚。

臭老九

传言老九真难臭[①]，

我讲中华硬骨头。

草测天灾风共雨，

人为祸害苦和愁。

灵虚半点留残命，

素纸千张画小舟。

本色原无多少恨，

江山大计泯冤仇。

注：

①"臭老九"一词最早见之于元时，到清嘉庆朝有流传。此处的"臭老九"属中国在 20 世纪 60 年代中期的一个称谓，当时的知识分子被称臭老九。

蒙羞

大众蒙羞无处叫，

中文却伴外文嚼。

先贤泣泣悲失落，

后辈嬉嬉乐市嚣。

但望峰回归正本，

犹求有计盖波涛。

能将锐志开真语，

再上云台①仰首瞧。

注：

①云台在此指朝廷。唐高适《宋中遇刘书记有别》诗中有"白身谒明主，待诏
登云台"句。

馈照

千年恪守同相近，
万里相随定有因。
自是凄凄风曳草，
谁尝滚滚电揪心。
家书日下成回忆，
短信如今未见亲。
只愿光明常馈照，
严寒早过破迷津。

春情

九九耕牛随地遛，

清江水暖笑寒流。

慌慌夜语芳心动，

窃窃春袭盛意羞。

柳舞枝柔风送爽，

桃欢蕊嫩雨方遒。

朝霞尽诉人间美，

玉宇琼楼枉自囚。①

注：

①玉宇琼楼指神话中仙人们居住的宫殿。明代何景明《嫦娥图》诗"玉宇琼楼闲早秋，金蟾玉兔啼寒夜。"句远不如东坡《念奴娇·凭高眺远》中"玉宇琼楼，乘鸾来去，人在清凉国"好。此句写天上清修的神仙对人间的向往。

春茶

清风过岭溪声唱，

谷雨时节水半塘。

水泿司^①前多翠绿，

春茶树下溢清香。

茸勾^②静待痴情客，

北海恭迎送货郎。

日月精华存片叶，

尝鲜定在柳丝黄^③。

注：
①水泿司，地名。在五峰镇北约十公里处。水泿司在清道光年间就因所产绿茶
  而闻名遐迩，致使茶商云集。
②茸勾即水仙茸勾茶，产于水泿司，在茶界享誉百余年。
③柳丝黄是春天到来的重要标志，这里指春天。

新秋

新秋盼雨驱残暑，
幻梦留凉满翠湖。
万转愁肠思宠辱，
千声絮语话荣枯。
荣枯有律玄机变，
宠辱无常垢净殊。
物事匆匆成故旧，
流霞缈缈羡茅庐。

课徒

余徒少语难开智，

笨眼浮生①在砚池。

半灭花开花落日，

空欢醉后醉前时。

常言朽木难为用，

哪见盲驹可竞驰。

夜雨风吹心未了②，

云中傅说③入幽思。

注：
①浮生指人生在世，空虚不实。
②唐李商隐有"何当共剪西窗烛，却话巴山夜雨时"的诗句。此句心未了是在
　风吹中仍不改培养人才的初衷。
③傅说（yuè）为商朝武丁即位后从民间选用提拔的大臣。

和熙

春来路半无痕迹，

玉漏滴滴应赤鸡。①

柳叶轻摇簾幕动，

康爵②慢举紫裙移。

游观可减凝思苦，

坐望尤消落日疲。

纵使梨花留片语，

还听布谷唱和熙。

注：

①玉漏指古代计时用的玉壶。宋代诗人杨万里《病中夜坐》中有"玉漏听来更
二点，烛花剪了晕重开"句。赤鸡即红色羽毛的鸡，在司晨时所发出的声音
与玉漏声形成呼应。

②康爵为空酒器。

树牌

东风送雨来山寨，

远处繁红正盛开。

靠岸驳船游客去，

离窝布谷喜声来。

童孙戏耍衣冠偶，

落日光折慧镜①台。

陌巷银行今喜庆，

敲锣打鼓树招牌。

注：
①慧镜亦作慧鉴，谓智慧能照物如镜。佛教《中阿含经》中有"云何比丘，圣智慧镜"。

安贫

布谷声声啼小汛，
蚕房作茧吐丝纯。
频催雨送桃红杇，
普济溪流柳绿春。
是是非非多怨咎，
来来往往总空群。
朦胧自有朦胧意，
要懂安贫守自尊。

可笑

猿猴蜕变谁曾见[①]，

可笑忽悠也卖钱。

五色三肤天外至[②]，

十言九种[③]地牵连。

明人不晓山川故，

蚂蚁能知水火玄。[④]

覆去翻来思过往，

东风寂寞费盘蜒。

注：

①1858年7月1日达尔文与华来士在伦敦林奈学会上宣读了有关进化论的论文，次年便出版了《物种起源》一书，从此确立了人是由猿猴进化而来的论断。

②五色在中国道家文化中即金、木、水、火、土五形所对应的白、绿、黑、红、黄的五种颜色，这在地球上都有相应的人种存在。三肤即指嫩、壮、老三种皮肤状态。嫩如粉脂，壮如古铜，老如树皮都是较为恰当的描述。

③十言九种是对全世界语言体系的一个概称。全世界使用人口最多的语言有十种，即汉、英、俄、德、日、西班牙语、北印度语、阿拉伯语、葡萄牙语和孟加拉语，而又有相应文字的大约九种。

④蚂蚁为地球上很小的生命，每当地球有什么异动和灾难在即将发生前它们便早已知道而提前迁徙。

平凡乐

云山莽莽难环眺，

肆野烟霞放眼瞧。

莫误桃花蚕月梦①，

求思雪域九芝苗②。

平凡便把平凡过，

隽伟难辞隽伟劳。

猎女渔郎三万日，

无灾少怨自逍遥。

注：
①蚕月即夏历三月为养蚕之月。
②九芝苗泛指灵芝草。

时移

造化荣枯何自若，
春秋日月正穿梭。
随时破败随时起，
不比今非不比昨。
浅雪难敌朝日晒，
鲜花亦怕晚霜多。
穷达善恶依人定，
世异心移上下坡。

万里游

江山锦绣如师友，

好梦催人万里游。

顾盼昏花无懈怠，

虚空眩目枉权谋。①

明河②岂有飞虹挂，

绿草常为骏马筹。

酒旆垂辉恬退尽③，

今同子女上层楼。

注：
①指当代那些体面的有五花八门名头的所谓艺人不求实际，白白浪费了大好光
　阴。
②明河即银河、天河的别称。
③酒旆即指带有燕尾飘带的旌旗。垂辉即为美名流传，现指知名度。而恬退则
　为淡薄名利，安然退隐。

恩仇

薛家①半夜鞭声响，

喜庆梨花产子刚。②

种祸杀生③平北乱，

攻周灭武助庐王。④

寻仇雪恨双难过，

讨债还恩两不商。

上世恩仇今世报，

欢心过后莫悲伤。

注：
①薛家指大唐元帅薛仁贵之家。
②梨花指大唐元帅樊梨花。子刚即薛丁山与樊梨花之子薛刚。
③杀生指樊梨花枪杀西番大将杨藩。
④此句指薛刚起兵帮助庐陵王李显，成为唐朝第四位皇帝唐中宗。

寻徒

半世操劳时未了，

诗书画印弄风骚。

寻根探妙穷珍秘，

用旧求新选玉苗①。

但望惊雷开蠢昧，

犹须细刻是龙标。

谁言我艺无人继，

几点灵犀几座桥。

注：
①玉苗为十分珍贵的幼苗。

济

风轻雨细无亏盗，
萋草萋萋获小勺。
宿柳方萌枝尚嫩，
苍松早翠色尤娇。
前前后后花初放，
整整齐齐叶自凋。
叶落花开知冷暖，
八哥树上不多嚎。

霓裳

悄然坐蕾今初放，

正是新晴到柳塘。

翰苑狂升凭玉紫①，

羸瘵醉闹②透肮脏。

衡庐夜话瑶池应③，

古寺钟声拜客香。

幸有甘饴通九窍，

清江野草舞霓裳。

注：

①玉紫为唐代三品以上大员所穿戴的官服。这里用来指官员，在《旧唐书·舆
服志》中有"武德四年八月敕，三品以上，大科绸绫及罗，其色紫，饰用
玉"的记载。翰苑为翰林的别称。此处谓不懂文化而又干预文化的官员。

②此句中的"闹"受宋人"红杏枝头春意闹"之启发而成。人们对"闹"的理
解应是争斗有声，但这里显然听不到声音。钱钟书在《通感》中说，"在日
常经验里，视觉、听觉、触觉，嗅觉、味觉往往可以彼此打通或交通，眼、
耳、舌、鼻、身各个官能的领域可以不分界限。颜色似乎会有温度，声音似
乎会有形象，冷暖似乎会有重量，气味似乎会有体质。"人的感知极为特别，
如光速每秒钟三十万公里，但它仍然远远落后于人脑。人只要一眨眼，其思
维便到了宇宙之外的另一星球。钱先生的论述可为至理。

③衡庐指衡门小屋，言其简陋。这里指隐者之居。晋皇甫谧《高士传·姜岐》
中言"岐少修孝义，栖迟衡庐"。而瑶池则指仙宫，古代传说为西王母在昆
仑山上的居所。

木纹

大树年轮无法数，

漩纹绮丽似河图。

江山断续飞天梦，

紫殿频观落日殊。

百代才华成过眼，

千般策略示前途。

飞甍①碧瓦涛中现，

滚滚烽烟满五湖。

注：
①飞甍即飞翘起来的屋檐。

失落

一筐巧构无寻处，
字字珠玑好画图。
美景方随风雨过，
忧愁紧伴落霞枯。
曲直冷暖谁能解，
宠辱悲欢见且无。
可叹尘埃多少事，
高楼海市梦通途。

雨后泉鸣

小茅庐

清晨闪闪花垂露，
绿草尖尖水聚珠。
捧日何须低望眼，
挥豪定要仰头颅。
无边雪涌心难冷，
晚暮风狂笔不枯。
弄巷楼台添气象，
穷乡美在小茅庐。

牵牛

窗前绿浪随风唱，

已是牵牛正上墙。

数日诗愁无好寐，

一声落雁①见沙黄。

迢迢大漠思无限，

暖暖云溪话语长。

远望红霞飞室角，

青山几点影苍苍。

注：
①落雁即《落雁平沙》或《平沙落雁》，为古琴名曲，最早刊于明朝《古音正
宗》。

亮焦

我画江山归大众，

师承仅爱老宾虹。

多情笔墨留新语，

骤变思维写异同。

墨里流金金灿灿，

白中透亮亮烘烘。

奇焦自是仙中物，

梦捧怀珠步九重。①

注：
①怀珠指怀藏才艺。南朝梁何逊《秋夕叹白发》诗中有"直是安被褐，非敢慕怀珠"句。九重在此指朝廷。唐卢纶《长安疾后首秋夜即事》诗中有"九重深锁禁城秋，月过南宫渐映楼"句。

形

红枫诱我高岚顶，

阵雨频雕泪墨屏。

隐隐冰峰仙渺渺，

弥弥翠柏影青青。

时听水跳叠崖响，

又见猿腾古树鸣。

造化天成倪瓒①画，

千奇百怪脑中形。

注：
①倪瓒字元镇，号云林居士，诗人，画家。与黄公望、王蒙、吴镇为元季四家。

宿

人生岂可无将就，

短聚长离总困纠。

小菜鱼虾皆所爱，

狂风细雨各需求。

濛濛月露芳洲①影，

脉脉篙摇素女②裘。

欲把平生勤检索，

西山日落照清丘。

注：
①芳草丛生的小洲。最早见于《楚辞·九歌·湘君》"采芳洲兮杜若，将以遗兮下女"。
②素女又称白水素女，是中国神话中的人物。她不仅为医家所供奉之医疗女神，还以音乐造福人类。

疑

闲来野谷寻珍异，
写就诗篇释众疑。
是祸言灾成过眼，
说兵记匪考相欺。
残垣断壁今犹在，
恶水枯林不可提。
夜静狼声嚎未了，
空嘘宝物盼无稽。

早醒

骇浪惊心天放纵，
模糊物我计无穷。
狼心隐隐多奸诈，
巧语簧簧尽害虫。
簇簇群群须早醒，
升升降降莫兴浓。
平衡好恶修心性，
少落蓬头笑语中。

同窗

相逢各自陈情状，

贵贱同窗岂可藏。

自臊乡村无建树，

羞从外域逞猖狂。

穷途送炭何人见，

玉案插梅几日香。

大抵风流皆早谢，

楼台羽翰①话深长。

注：

①指书信或文章。清姚鼐在《送江宁郡丞王石丈运饷入蜀》诗中有"忆昔趋阶序，初欣见羽翰"句。

初春

和风染紫欢红瘦，

嫩蕊摇黄戏翠柔。①

早醒桃林惊暮雨，

初忙浅水动横舟。

新篁②破土穿云笑，

乳燕③离壳忍稚愁。

梦醉瑶池千盏酒，

春还璧月④百花洲。

注：
①含苞欲放的花与黄色鲜嫩的雌蕊随风摆动的样子，用以形容刚刚开放的花朵。
　　杜甫有"嫩蕊浓花满目斑"句。
②新篁指刚从土里冒出的幼竹。
③乳燕指刚出壳的小燕子。
④璧月是对月亮的美称。鲁迅有"今是中秋，璧月澄澈"句。

前程

当今艺界多奇病，
笔墨无需再苦营。
见利谗言权术弄，
逐名讨巧老谋行。
荒唐办校金钱梦，
怪诞评说冷眼惊。
逝去光阴空自泣，
虚名误己毁精英。

琴瑟

中秋伴侣花中笑，

喜度金婚老益娇。^①

水上琴鸣飞落雁^②，

亭前剑舞伴笙箫。

同心岂可艰辛误，

寡影何来伟业高。

有梦能圆天照应，

瑶台^③细语述心潮。

注：
①今年是我与大学同班同学涂喜荣结婚五十周年，在此金婚到来之际特作此诗
　以记之。我妻"温良恭俭让"五美俱全，实中国女性之典范，也是上天赐我
　成就梦想之保障，致使半个世纪以来不敢有丝毫懈怠。我能取得今天的成绩，
　我妻居功至伟！
②落雁指古代名曲《平沙落雁》。
③传说为神仙所居之地。

寻兰

谋寻谷底兰花妙，
越岭翻山过木桥。
老眼难识杂色蕙，
虔心静品素花芍。
时来细雨巡三野，
偶有轻风沐四郊。
月到中天思胜景，
随馨欲种万千苗。

施

常听债户说忧愤，

未见荒坡有鸟痕。

富室贪奢侵大器①，

贤民②解困散家珍。

毛毛细雨虽微弱，

荡荡春风总密深。

可恨高调成画饼，

犹怜稚子③扫霜尘。

注：
①富室，指有钱的人家。北宋司马光在《涑水记闻》卷一中有"富室或挈家逃
　匿于外州"的记载。大器在这里指国家公器。
②贤民在此指贤达有一定能力的老百姓。
③稚子为年幼的小孩子，这里借用，专指能力很微弱的人。

启航

快雪消融船进港，

归来万物献芬芳。

东风劲送三春暖，

嫩绿频添九日香。

欲索初爻求未了，

遵凭末页展新章。

江潮月涨无差错①，

肇岁②长途正启航。

注：
①江潮的起落与月亮有关，东汉王充在其《论衡》中即指出"涛之起也，随月升衰"。
②肇岁即一年之始，为农历正月。

天怒

常言恶报终究现，
大小灾殃在眼前。
暴雨汹汹实可恨，
村民泣泣惨何堪。
流离瑟瑟无居所，
落难惶惶少爱怜。
祸地疮痍多震颤，
苍天灭你到深渊。

房钱

初冬小雪迎清旦，
雾散峡江见片帆。
此地民歌传喜信，
他乡鼓乐庆乔迁。
宸游雨后初篁嫩，
卷涌风中语万言。
更有烟花飞五彩，
急得子女借房钱。

奈何寸心事梦入一春思

造桥

轻风爽爽梳青草，
又见农家种苦荞。
慢舞芙蓉观日暮，
投林喜鹊绕城郊。
常言老马识原主，
更见羔羊找嫩苗。
底事今春忙碌甚，
皆因渡口造新桥。

改面

昔年小巷听京韵①，

可叹莲峰②贵胄尊。

万里江山辞旧主，

千年宝座换新君③。

公卿改面呈筹策，

百姓租田望苟存。

自是舟船遭载覆④，

非关痛痒有谁询。

注：
①京韵即京韵大鼓，为中国曲艺的一个曲种。
②莲峰即莲峰居士，为南唐后主李煜。开保四年为宋太祖所灭国而降之。
③新君即指宋太祖赵匡胤。
④指水可载舟亦可覆舟。

蓬门

我见蓬门结五彩，
无须父母苦安排。
接亲莫要穷攀比，
育子惟求少祸灾。
紫燕衔泥窝自垒，
垂杨沐雨叶当开。
功名寂寂徒成梦，
幻景虚虚似雾霾。

自标

西风起处洪波涌，
大浪淘沙灭小虫。
俊秀江湖吹不朽，
高才井底骂师宗。
闲云栈谷遮光影，
野鸟江滩笑彩虹。
自认瞒天能过海，
船沉水底几千重。

高低

王①家近日将迁徙，

雾满周遭少赫曦。

院有三千吹捧客，

人无半点好阶梯。

红墙拒设伯温②坐，

草莽急寻扁鹊③医。

火后秋山人不想，

闲听绿水诉高低。

注：
①王指当代山东招远画家王文芳先生。
②伯温即刘基，字伯温，浙江温州人，元至正十九年为朱元璋所礼聘，助朱夺
得天下，明洪武三年封诚意伯。
③扁鹊系战国时期著名医学家，为中国古代五大医家之首。

殷红

潮声鼎沸人声众，

大汉风云起正冬。

久忍欺压盘缴苦，

尤憎虐辱窃夺凶。

长天雁过悄无语，

浩海帆航影灭踪。

苦苦相逼牵万物，

兢忧最怕血殷红。

衣钵

高峰久盼朝霞染，

笔墨何须效辋川①。

惨淡随逐多彩舞，

狂憨共飧雪山欢。

苍生点点归心里，

好画熙熙到指尖。

盛世衣钵题句好，

无愁少梦日三竿。

注：
①辋川指唐代大诗人王维隐居之地，亦指王维所开创的诗画并重之举。

稿

诗书久爱无松怠，
梦里依稀圣入怀。
荡荡风尘留印迹，
巍巍壁嶂卧江淮。
洪泽①浩渺轻帆翘，
雾渡②崎岖雨雪开。
万里江山鸡啼晓，
纷纷稿素化蝶来。

注：
①洪泽即江苏洪泽湖，为中国四大淡水湖之一，在淮河下游。
②雾渡即雾渡河，在湖北宜昌的西北边陲。

欢欣

空中逸气难图尽，

偶露青峰戏雨淫。

老眼观山山寞寞，

新潮论水水粼粼。

扬雄①苦苦经玄著，

庾信②孜孜古树心。

笔笔流光颜色好，

能帮你我觅欢欣。

注：
①指两千多年前的西汉扬雄。东汉魏伯阳与宋代司马光都给扬雄以极高评价。
②庾信系南北朝时期的文学家，著有《枯树赋》等名篇。

变化

中锋用笔千年重，
历代书家共计功。
弄险玩奇皆左道，
雍和正大是真龙。
颜欧①已过丰碑在，
柳赵②犹存盛世踪。
铁砚磨穿求变化，
今人岂与古人同。

注：
①颜欧指唐代大书法家颜真卿与欧阳询。
②柳赵指唐代大书法家柳公权与元代大书法家赵孟頫。

山中景物自春秋

第九弦

冷暖相关情所念，
经时炼就寸心虔。
千年古柏残痕铸，
万古冰峰裂缝添。
似睡丘山何处好，
初寒雨水腊八甜。
伤心若要调新韵，
再奏熙和第九弦。

百里洲

东风送暖沿堤走，

水抱枝江百里洲①。

果树千年银杏恨②，

生灵九万瘦田愁。③

飞青麦稻声何近，

踏浪樯帆影自柔。

地有桃红蜂正采，

楼台细雨润平畴。

注：

①百里洲，地名，位于湖北枝江县境内。据考，由于淤积的泥沙在西汉时期已有零星的小沙丘突起于长江之上，到了东晋时已多达九十九个小沙洲。当时管辖此地的荆州刺史桓玄听到民谚"洲不满百，不出王者"，于是动用人工自造一洲，统领百洲而称王，后被刘裕领兵剿杀。后到明万历年间，由当地龚春台倡导围堤，东西长一百华里，南北宽三十华里而成百里疆域。从此方有百里洲之称谓，一直沿用至今。

②东晋太元十四年南郡枝江人刘凝之辞官隐退时出资在百里洲筹建了"刘家巷"，并种植了一批白果（银杏）树，后有一棵存活下来，其大无比，十人难以环抱。至日寇侵华，遭日军火烧斧砍而不毁。

③百里洲的人口在人民公社成立之前已有九万之众，后达十万有余，成为当时中国最大的人民公社。此洲分上中下三部分，中间部分土地肥沃，两端较差，下尤其差，实难养活如此众多的人口。

后　记

岁次庚寅（2010 年）春，我到悉尼探亲期间，有幸被朋友邀去参加了一次由中国大陆及台湾地区和美国来的古诗词专家所举办的吟诗活动，听后感触良多。

登台诵诗、吟诗、唱诗，可谓五花八门。尤其是台湾地区的一位大学教授，用所谓的"唱焰口"方法唱杜甫的《登岳阳楼》，当唱到"亲朋无一字"时，实在让人受不了啦！

在海外传播中华文化，本是好事，但谬妄无稽，良莠不齐，这不得不说是对中华优秀文化的一种亵渎。就在国内，也是一样，在格律诗的创作上，对自己的文化毫无敬畏之心，浅薄无知，乱象丛生，真叫人痛心。了解我的朋友们知道，近二十年来我在格律诗的探索与研究中有不少新的发现和观点，这些发现和观点在《格律乱象考》中多有论述。格律诗创作是一件很神圣的事，它是华夏文脉汉字组合中最难企及的瑰宝中的瑰宝。结合我半个多世纪的实践，对五言绝句与七言绝句、五言律诗与七言律诗在句式上确定了只有五式，即五言二式与七言三式。如五言绝句与律诗只有平起仄收与仄起仄收两式：

第一式
平起仄收

平平平仄仄，

仄仄仄平平。

仄仄平平仄，

平平仄仄平。

平平平仄仄，

仄仄仄平平。

仄仄平平仄，

平平仄仄平。

特点：此式中的第一、四、五、八句中的 1、2 字皆为平声字。

第二式
仄起仄收

仄仄平平仄，

平平仄仄平。

平平平仄仄，

仄仄仄平平。

仄仄平平仄，

平平仄仄平。

平平平仄仄，

仄仄仄平平。

特点：此式中的第一、四、五、八句中的第1、2字皆为仄声字。

七言绝句与七言律诗只有一式平起仄收与两式仄起仄收，共三式。

第一式
平起仄收

平平仄仄平平仄，

仄仄平平仄仄平。

仄仄平平平仄仄，

平平仄仄仄平平。

平平仄仄平平仄，

仄仄平平仄仄平。

仄仄平平平仄仄，

平平仄仄仄平平。

特点：第一式的一、四、五、八句的第1、2、
6字全为平声字。

第二式
仄起仄收

仄仄平平平仄仄，

平平仄仄仄平平。

平平仄仄平平仄，

仄仄平平仄仄平。

仄仄平平平仄仄，

平平仄仄仄平平。

平平仄仄平平仄，

仄仄平平仄仄平。

第三式
仄起仄收

仄仄仄平平仄仄，

平平平仄仄平平。

平平仄仄平平仄，

仄仄平平仄仄平。

仄仄仄平平仄仄，

平平平仄仄平平。

平平仄仄平平仄，

仄仄平平仄仄平。

特点：此二式的一、四、五、八句的 1、2、6 字皆为仄声字。

这里有两点必须说明：

一是，格律诗在平仄上无任何商量的余地，平就是平，仄就是仄。

二是，无论五言还是七言，首句最后一字一定是仄声字，且一定是同韵母中的仄声字。

这是解决格律诗创作乱象的关键，此字我命名为"导韵"，对全诗起到定韵定调的作用。首句最后一字用平声字或者用出韵的其他任何字的历史将不复存在。只有遵循了这一规律，才是真正的格律诗！基于此点，同道们劝我能否出版一本格律诗集，以匡谬正俗，为创作格律诗作些引导。这个要求与压力，让我喘不过气来。我查阅了不少古今诗集，从唐至今未见一本个人专著的格律诗集，实在令人惶恐。但话又说回来，这事总得有人去做，不是吗？

通过七年多的努力，将五十多年来我所创作的古体、近体诗作了一次梳理，本着文当随时代，诗亦应随时代的原则，以普通话字音为标准，参照上海古籍出版社出版的《诗韵新编》（此书在选字上有不少错误）十八韵，从《少明堂诗稿》九卷中选出五言绝句与七言绝句各九十首，五言律诗与七言律诗各六十首集结成《格律诗钞三百首》，算是对同好们的一个交代。当然，此书谬误在所难免，优劣任由评说，望能有见于知己。

胡岩于少明堂

岁次戊戌春月